안동 까치밥나무

안동 까치밥나무

초판 1쇄 인쇄 2013년 12월 11일
초판 1쇄 발행 2013년 12월 16일

지은이 이 성 진
펴낸이 손 형 국
펴낸곳 (주)북랩
출판등록 2004. 12. 1(제2012-000051호)
주소 153-786 서울시 금천구 가산디지털 1로 168,
우림라이온스밸리 B동 B113, 114호
홈페이지 www.book.co.kr
전화번호 (02)2026-5777
팩스 (02)2026-5747

ISBN 979-11-5585-096-1 03810 (종이책)
979-11-5585-097-8 05810 (전자책)

이 도서의 국립중앙도서관 출판시도서목록(CIP)은
서지정보유통지원시스템 홈페이지(http://seoji.nl.go.kr)와
국가자료공동목록시스템(http://www.nl.go.kr/kolisnet)에서 이용하실 수 있습니다.
(CIP제어번호 : 2013026404)

안동
까치밥나무

이성진 시집

book Lab

차 례

1장
간격이 소중함을 만든다

2장
간절하면 소망하는 것과 닮아있다

3장
길 위에 서성이다

4장
이 밤 얼마나 여유롭고 풍성한지요

5장
안동 까치밥나무

1장

간격이
소중함을 만든다

세상살이

좋아하는 것과 좋아하지 않는 것

사랑한다 사랑 안 한다

선택받고 버림받는 것

누구는 잘생겼고 누구는 못났고

그럼

세상은 잘난 사람들만의 천국인가

못난 사람들도 모여서 서로를 위로하며 살아야지

위에만 쳐다보고 살면 비참하다

서로 어깨를 두드리며 격려하고 살아야지

서러운 눈물 닦아주며 위로하고 살아야지

안동 까치밥나무

강물 흐르듯 세월도

그냥 내버려둬라

강물 흐르듯 세월도 흐르는 것이

자연스러운 일이다

같은 자리에서 시작해 바다에 가면 누구나 끝이 나는 것

인생이란 게 뭐 그리 대단한 게 아니다

절망하는 사람들에게 말한다

살다보면 살아지는 것이 인생이다

그리운 사람

안동 까치밥나무

비 오고 눈 오는 것은 그리운 사람을 추억하고

향긋한 기억에 흠뻑 즐기라는 것이다

노을이 물들고 해지는 것은 그리운 사람을 돌아보게 하는

하늘이 준 선물이다

꽃 피고 낙엽 지는 세상의 약속도

그리운 사람 그리워하라는 것이다

그리운 사람은 영원히 가슴으로 남는 것

안동 까치밥나무

사랑예찬

어디서 무엇이 되어 만나도

변치 않는 것은 사랑이다

사람도 변하고 세상도 변하고

세월의 뒷길에는 모두 변한다

가슴에 사랑을 안고 살아가라

나무와 풀도 사랑을 안고 숨 쉬는 것들은

모두 사랑을 안고 살아가라

변해가는 것들의 소망은

변치 않는 것이다

흐르는 것이 인생이다

안동 까치밥나무

세상의 모든 것은 흐른다

시간도 흐르고

추억도 흐르고

사랑도 흐르고

흐른다는 것은 거부할 수 없는 운명

우리 모두는 그것을 받아들여야 한다

잘난 것도 잠깐 못난 것도 잠깐

성공하면 목에 힘을 주지만

그것도 잠시 잠깐

구름이 흘러가듯

강물이 흘러가듯

흐르고 흐르는 것이 인생이다

안동 까치밥나무

세상

하늘에서 하얀 비가 내리는데요

세상이 하얗게 되지는 않아요

찌든 때를 깨끗이 씻어내려고

하얀 비는 억수같이 쏟아지는데요

겉모습만 씻어 내릴 뿐 속까지 씻어내지는 못해요

하얀 비가 저리도 내리는데요

썩어빠진 속까지는 어쩔 수 없나 봐요

산다는 것은

안동 까치밥나무

산다는 것은

그리운 마음을 하나하나 엮어가는 것이다

산다는 것은

추억하나 그리운 마음에 위로를 받으며 웃음 짓는 것이다

산다는 것은

외로운 사람끼리 만나 보듬고 행복한 그리움을 만드는 것이다

산다는 것은

외롭고 쓸쓸한 일이지만 서로에게 좋은 그리움이 되는 것이다

산다는 것은

세상 끝맺는 날 멋진 추억하나 쌓아 남기는 것이다

살아있는 것들은 다 외롭다

살아있는 것들은 다 외롭다

지치고 다치고 쓰러질 때가 많다

살아있는 것들은 다 외롭다

별도리 없이 생활에 허덕이다 보면

더 깊은 곳으로 추락해버린다

삶이란 어차피 홀로 와서 홀로 가는 것

외롭다고 슬퍼할 일이 아니다

새해아침

안동 까치밥나무

밝아오는 새해아침은 기분 좋은 느낌이 돌아

한해가 활기차고 활짝 웃는 해가 되었으면

사랑도 하고

집도 사고

직장도 얻고

건강도 좋아지고

모든 것을 이루는 해가 되었으면

서로를 축복하고 위로하는 넉넉한 해

추운 겨울이지만 따뜻한 차 나누며

서로를 손잡아주는 훈훈한 해

가족들이 둘러앉아 하하 호호 웃는

즐겁고 희망찬 해가 되었으면

눈 오는 풍경

나무에도 눈이 내리고 앞마당에도 눈이 내리고

하늘에도 온통 눈입니다

그 눈 다 맞으며 세상 참 하얗다 여깁니다

논과 밭의 경계는 사라지고 마을로 난 길도 사라졌습니다

인생이 다시 한 번 살아볼 수 있다면 하늘에 가득 찬 눈처럼

하얀 도화지를 만들어 눈발을 헤치고 다시 한 번 멋진 인생을

그렸으면 좋겠습니다

어느 지붕에도 어느 길가에도 떨어져

하얀 죽음으로 새로움을 선물하고

어느 누군가에게 기쁨이 되려고 저 높은 곳에서 내려와

눈물로 사라질 때까지 하얗게 누워서 잠이 듭니다

봉평 메밀꽃

안동 까치밥나무

길 가다 멈춰선 곳에

하얀 거품을 내며 산산이 부서지는 해변의 파도처럼

너른 들판 산들산들 춤추며 메밀꽃이 웃는다

바람에 이리 저리 흔들리며

세상시름 내려놓으라고 조잘조잘거린다

이곳 햇살 좋은 봉평에서

나는 메밀꽃을 보며 위로받는다

그대가 침묵하면 나는

가을언저리에 쓸쓸함을 싣고 날아드는 바람

검붉은 낙엽은 생명의 선을 넘는 바람이 싫기도 하련만
말없이 떨어진다

길을 따라 떠가는 구름도 이산 저산 넘어
하늘 끝 향해가도 아무 말 없다

그대가 침묵하면 나는 오히려 더 많은 사연과 애틋함으로
그대를 상상하고 기대한다

시인의 노래

안동 까치밥나무

초저녁 풀숲에는 풀벌레가

사랑의 노래를 부르고

늦은 밤까지 그들만의 이야기를

만들어 갑니다

나도 따라 강물처럼

그대 찾아 가는 잔물결이고 싶어요

나도 따라 저 비처럼

잊혀지지 않는 사연으로 떨어지고 싶어요

나도 따라 별처럼

사랑하는 사람 비추이는 전설이고 싶어요

안동 까치밥나무

청산도로 가고 싶다

청산도로 가고 싶다

꽃이 피고 새가 웃어 즐거운 곳

풀내음이 나는 돌담길을 따라 걸어도 보고

사랑을 고백하는 젊은 연인들처럼

상큼하고 달콤한 그 섬에 가고 싶다

따듯한 봄볕 아래 훈훈한 공기가 흘러들어

처녀의 가슴을 설레게 하는

유채꽃이 아름다운 그곳

잔잔한 바람결에 향긋한 추억이 서려

애틋하고 보고 싶은

그리운 그 섬에 가고 싶다

이성진 시집

간격이 소중함을 만든다

안동 까치밥나무

사람이 그립고 추억이 그리운 이는
기다리고 기대한 시간만큼
다시 만나면 반갑다

간격이 소중함의 가치를 높이고
손에 닿지 않는 것은 더욱 조바심이 난다

길가에 핀 꽃은 누구에게나 반가운 일이듯
겨울의 기다림 끝에 애틋한 것들은 꽃이 된다

안동 까치밥나무

들풀

사는 것이 어디 쉬운 일인가

이름 없는 들풀로 태어나

뜬구름처럼 흐르고 흘러서

산봉우리도 걸치고 고개도 넘어

가다가가다가 보면 어느덧 고된 여정도

마무리할 때가 온다

후회하지 않는다

투정하지 않는다

바람이 불어 온몸을 흔들어도

욕심 없이 잘 순응한다

향긋한 꽃이 되고 싶어요

울창한 나무가 되고 싶어요

멋진 숲을 이루고 싶어요

들풀은 이런 욕심이 없다

이성진 시집

독재자

안동 까치밥나무

인정하지 않는다

자기만 잘났다

무조건 옳다

남의 말을 들으려하지 않는다

건강한 사회는

다름을 존중하고

다름을 인정하는 것

독재자 이놈

너 때문에 사람이 죽고

너 때문에 사람이 넘어지고

너 때문에 사람이 피를 토해

감사의 마음

더욱 많이 가져도 욕심은 끝이 없다

돌이켜 보면

지금껏 살아온 것도 감사하고

살다보면 살아지니 또 감사하다

오로지 최선을 다해 땀 흘리는 모습이 아름답고

묵묵히 자신의 일을 말없이 하는 사람이 아름답다

지금 현실에 만족하지 못하면

더 많이 가진다 해도 만족은 없다

인생길

산보하듯 가는 길이 인생이지요

그 인생이 여유롭고 한갓졌으면 좋겠습니다

가득 피어있는 꽃향기를 맡으며

솔바람이 불어 코끝으로 살랑살랑 스며드는

화창하고 신선한 길이면 좋겠습니다

사색도 하고 좋은 말도 많이 하고

서로에게 웃음으로 인사를 나누는

그런 의미 있는 인생이면 좋겠습니다

안동 까치밥나무

눈먼 자들의 도시

태어나자마자 치열한 경쟁이다

죽이지 않으면 내가 죽는다

1등만이 살아남는다

정작 보아야 할 것은 보지 못하는

불쌍한 인간들

여유도 사랑도 없다

지금 이곳은

눈먼 자들의 도시

소중함에 대하여

안동 까치밥나무

눈으로 보이는 것은

겉모습일 뿐입니다

보이지 않는 것이

더 소중하고 아름다울 때가 많습니다

병들어서 가죽만 남은 아내의 두 뺨을 닦으며

사랑스럽게 머리를 쓰다듬는

남편의 그 애잔한 사랑이 눈물겹게 아름답습니다

안동 까치밥나무

해금강 한 그루 나무

해금강 한 그루 나무가 되고 싶다
말없이 오랜 시간 그렇게 한자리에 머물러
지나는 나그네의 휴식이 되고 싶다

버리지 못하고
나누지 못하고
사랑하지 못하고
미련스럽게 욕심만 내는 우리

시린 빗줄기가 쏟아져도 견뎌내고
뜨거운 태양 아래서도 꿋꿋한 나무
넓은 마음으로 팔을 벌려
사람들에게 잔잔한 위로가 되어주는 나무

봄여름을 지나 가을에 옷을 벗어 던지고
알몸으로 추운 겨울 맞아도
불평 한마디 없는 나무

천천히 흐르는 강을 바라보며
한갓지게 여유로운 해금강의 나무이고 싶다

거인

흔들림이 없는 사람은 커다란 나무처럼

모든 것을 아낌없이 나누어 준다

논길을 따라 소처럼 묵묵히 가는 사람은

진흙이 아무리 발목을 잡아도

노력하는 사람 앞에서 문제가 되지 않는다

해 아래 시원한 바람처럼

하늘구름 지나가듯 아주 넉넉하다

안동 까치밥나무

숭고한 사랑

불로 태워도 사라지지 않고

지워지지 않는 사랑의 고백

늦가을 낙엽들이 검붉은 핏빛으로

얼룩이 져서 떨어지는 사랑

셀 수도 없는 수만의 목숨들이

몸을 던져 지켜낸 뜨거운 조국

마지막 남은 숨을 놓아

꽃으로 남은 아름다운 전설이여

사랑아

사랑아

숭고한 사랑아

판의 비애

안동 까치밥나무

그대는 사람도 짐승도 아닌 목신

요정 시링크스에게 반한 죄밖에 없는데

슬픈 사랑은 마음에 상처를 주고

그리움은 전설을 만든다

서로에게 빗나간 사랑

아쉬움이 가득 담긴 악기

팬 플루트

배신

나와 사랑을 시작하면서 또 다른 사람을 만났다

이런 인간은 마음도 영혼도 썩었다

양다리 죽어버려라

아픔을 이해한다고

고통을 이해한다고

처참해서 가슴이 찢어진다

배신

한번이 어렵지 두 번 세 번은 쉽다

그런 인간은 상종도 마라

사랑은

찬 서리를 맞으며 바위틈 비집고 나와

어렵게 어렵게 싹이 트고 피는 소중한 꽃이다

좋은 인연

헤어짐이 슬프면 슬플수록

좋은 인연을 만든 것이다

만남이 있으면 이별이 있고

마음을 주는 만큼 관계는 풍성한 열매를 맺어

서로에게 소중한 사람으로 남는다

떨어지는 빗방울처럼

온 땅을 적시는 넉넉한 가슴으로

서로에게 속마음 털어놓고

손잡아 정을 나누는 사람들

삶의 따듯한 체온이 느껴지는

이웃이면 좋겠다

밤새껏 날아온 기러기 떼가

편안히 쉴 수 있는 저 언덕처럼

안동 까치밥나무

간절한 사람끼리 만나라

어떤 이는 사랑이 참 쉽게도 온다

또 어떤 이는 사랑이 참 어렵게 온다

누구에게는 평생에 단 한 번뿐이고

그러기에 목숨처럼 질기고 간절하다

사랑이 소중한 사람끼리 만나라

간절한 사람끼리 만나라

생각이 같은 사람끼리 만나라

사랑이 쉽게 오는 사람과 만나면

반드시 마음을 다치고 후회하게 된다

이성진 시집

사랑법

안동 까치밥나무

사랑은

꿈을 꾸듯 아름다운 일이다

끝없이 노력하고

끊임없이 믿음을 쌓는 것

시간이 쌓이고

추억이 쌓이고

그리움이 쌓이고

세월이 흘러 머리에 하얀 눈이

소복이 쌓일 때까지

그 사랑을 지키는 것

손잡고

믿어준 시간만큼

사랑한 시간만큼

노력한 시간만큼

더욱 깊어지는 것

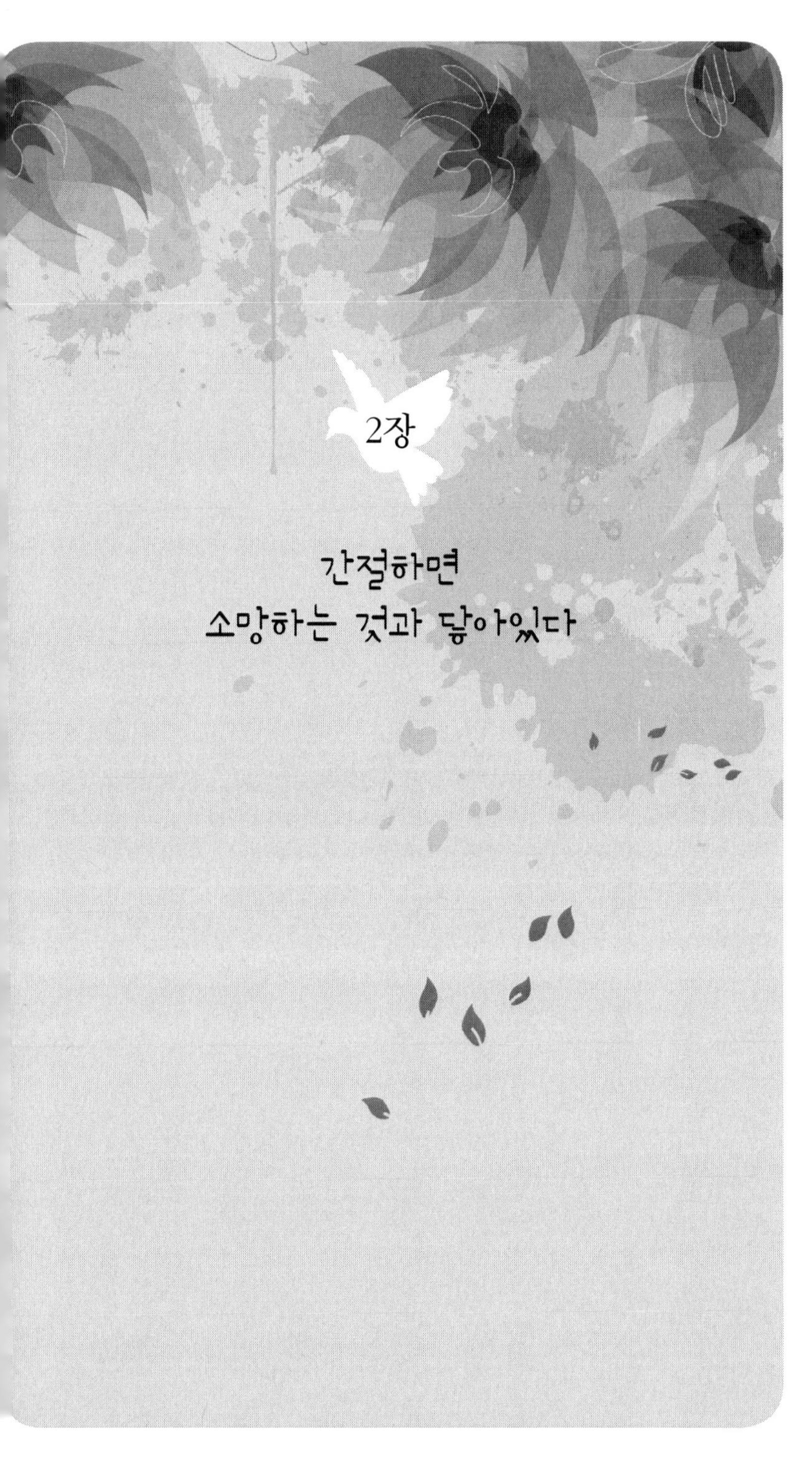

2장

간절하면
소망하는 것과 닿아있다

산

안동 까치밥나무

산은 말이 없다

커다란 마음이 있어 모든 것들과

마음조각을 나눈다

나무에게 꽃에게 바람에게 하늘에게

위대한 사람은 산 같다

가슴이 넓은 산은 감히 범접할 수 없는 인격

잘난 척 말고 깝치지 말아라

세상을 저울질하며 비교하지 말아라

모든 것을 보듬은 큰 산은 가족같이 한 몸이 된다

봄꽃 날아들었다

반가운 봄꽃이 날아들었다

긴 겨울과 이별하고 새로운 시작을 위해

몸과 마음 모두 던져 뜨거운 가슴으로

그대를 맞는다

꽃씨가 날고 노란나비도 날고

햇살은 축복으로 은은하게 생명을 키운다

죽음에서 생명으로 절망에서 희망으로 다가가는 계절

참고 기다린 나에게 풍성한 기쁨으로 돌아왔다

희망

안동 까치밥나무

추운 겨울이 언제쯤 지나

긴 터널에서 밝은 햇살을 볼 것인가

시간은 더디 흐르고

매일 똑같은 자리에서 너를 기다린다

오늘 그리고 내일

희망 너를 버리지 않는 한

여기 버티고 서있겠지

인생이 먼 것 같아도

그 끝에서 웃을 수 있는 삶이 됐으면

나만의 성공

그 가치를

쓸쓸히 버텨온 오늘이

씨앗이 되고 거름이 되어 빛날 날이 오기를

안동 까치밥나무

사월의 함성

살아서 못 다한 이야기를 죽어서 부르다

우리 가슴으로 들어온 이야기

따뜻한 봄바람이 불면

울긋불긋 꽃 피우고

강 건너 앞서간 선구자

사월의 함성은 들과 숲을 이루고

푸르게 소생하니

묵묵히 투쟁하다간 너의 넋

그 함성소리 흔적으로 남아

영원히 높은 산 소나무처럼 푸르라

희망 하나 있으면

늦여름 더위는 아무리 더워도 참을 수 있다

아침저녁으로 선선한 바람이

가을을 약속하기 때문이다

여름매미가 그토록 크게 우는 것은

희망 하나로 버텨 왔기 때문이다

어렵고 힘들어도 살 희망 하나 있으면

이겨낼 수 있다

세상은 지나가는 것

세월이 흘러 한곳에 모여 반갑게 만나는 것

보이지 않는 칠흑 같은 어둠도 지나면 밝아오는 것

안동 까치밥나무

나무야

말없이 푸른 나무야

새벽에 찬이슬 흠뻑 맞아

이른 아침부터 새들과 나비들에게 팔과 어깨를 내어주고

그렇게 온몸을 던져 나누며 사는구나

푸른 나무야

나에게도 언제나 좋은 것을 주려고 그곳에 서있었지

나는 너를 위해 한 번도 어떤 무엇을 준 적도 없는데

사랑하는 마음이 그런 거구나

푸른 나무야 너는 맑은 하늘에는 멋진 그림으로

흐린 하늘에는 운치 있는 그림으로 내게 선물했지

사랑이란 말이지 표현으로 느낌으로 알 수 있는 거였어

푸른 나무야 변치 않는 나무야

사시사철 누군가를 위해 무엇을 주는 나무야

그런 사랑을 한번 할 수 있도록

나에게도 용기를 주겠니

혼자 하는 여행

혼자 하는 여행은 외롭지만 그래도 괜찮다

덜컹덜컹 열차를 타고 밤차에 몸을 실었다

흐르는 강물 따라 떠도는 구름 따라 나는 간다

떠나온 시간에 행운이 있기를

돌아오는 길에 새로운 힘을 얻어 더 열심히 살 수 있게

희망하나 건졌으면 좋겠다

일상을 위해

미래를 위해

나를 위해

살다보면

사는 게 재미없다

주위가 적막하고 조용하다

인생이 허무하고 무의미하다

그렇다고 이대로 주저앉아야 하나

이대로 포기해야 하나

그럴 수 없다

다시 한 번 해보는 거야

숨을 크게 한번 몰아쉬고 달리자

다시 시작하는 거야

크게 한번 웃자

씩씩하게 일어서는 거야

살아야 할 이유

나는 살아있다

아직도 살아야 할 이유는 많이 있다

우정과 꿈 사랑 그리고 희망

너는 외로움을 모른단 말이냐

단 한 번도 절망해 보지 않았단 말이냐

비웃지 마라

잘난 척 말아라

인생은 원래 서글프지만

희망 하나 붙잡고 사는 것이다

겨울비

창 밖에 어두운 거리는

황량하고 적막하기만 하다

겨울비가 무심히 추적추적 내리고

쓸쓸한 마음은 꿈틀꿈틀 요동을 친다

세월에 몸을 맡겨 살아온 시간이

무심하고 허망한 마음에 근심이 쌓인다

열심히 산다고 살았는데

텅 빈 듯한 기분은 무엇일까

이런 날도 저런 날도 있다지만

사람 사는 일이 쉽고 단순하지만은 않다

겨울비 오는 이 저녁

어디선가 새로운 희망을 찾아서

또 다시 인생길을 걸어야겠다

이성진 시집

바닷가에서

안동 까치밥나무

사람에게 배신당한 상처와 아픔으로

힘들었던 시간을 바다에 묻고자 합니다

끝도 없이 펼쳐진 바닷가에서

멀리 더 넓게 세상을 봅니다

바람의 속삭임으로

힘들 것도 괴로울 것도 없다

바닥을 치면 더 이상 나빠질 것도 없다

살다보면 또 어떻게든 살아진다

바다는 조용히 용기를 줍니다

희망의 끈

한번쯤 절망하지 않은 사람이 있는가

희망의 끈을 잡고

머릿속에 좋은 상상을 하자

좌절하지 않기

쓰러지지 않기

울지 않기

끝은 시작이다

강줄기를 따라 참고 견디다 보면

바다가 보이듯

끝까지 희망을 버리지 않는다면

마지막순간

다시 시작이다

간절하면 소망하는 것과 닿아있다

간절하면 소망하는 것과 닿아있다

열정과 뛰는 가슴만 있다면

희망은 우리를 달리게 한다

세상은 꿈꾸는 자의 것

영혼이 요동치고 꿈틀대면

이미 반은 성공한 것이다

지금 힘들고 지치지만

포기하지 않는다면

너는 싸움에서 승리할 것이다

안동 까치밥나무

겨울 길에서

허름한 초가집들 사이

앙상한 나무와 논밭

쓸쓸한 저녁 초등학교 운동장

겨울바람에 나뭇가지 흔들리고

서릿 까마귀 날아들어 스산한 풍경

조용한 시간들

한걸음 앞에 무엇이 있을까

또 한걸음 앞에 어떤 일이 있을까

살 날이 걱정되고 막연한 미래

어떻게든 살면 되겠지

봄이 돌아올 거야

언 땅 위에 희망의 씨앗 뿌립니다

가을날

안동 까치밥나무

자욱한 가을 안개 사이로

풋풋한 나무 향 맡으러 가자

저 언덕 넘어 하늘 끝 걸린 구름 따라

두둥실 예쁜 사연 띄워보자

영화 같은 사랑도 우정도 좋다

저미도록 울어도 보고

가슴 터지도록 웃어도 보고

햇살 좋은 기차역에 나가

춘천 가는 기차를 타자

차창 밖의 풍경은 한 폭의 그림이 되고

시인의 노래가 되고 정겨운 음악이 된다

간이역에 따뜻한 커피 한잔

가끔은 이런 날도 좋다

희망

평온한 바다는

훌륭한 뱃사공을 만들지 못한다

아무리 험난한 길에도

어려움 헤치고 최선을 다하는 사람이

저 멀리 떠있는 별처럼 빛난다

꿈을 향해 끝까지 노력하는 사람이 되기를

오늘도 나는 희망한다

숲에서

미래는 과거의 아쉬움보다

풀과 나무 냄새가 나는 곳으로

새들이 지저귀는 곳으로 가자

젖은 상처 뒤로하고 선선한 바람을 맞으며

멀리 하늘을 향해 두 팔 벌려보자

미래는 과거의 아쉬움보다

행복한 삶이기를 기대하자

겨울을 이기고 태어난 개나리의 끈기가 대견하고

기다림 속에 핀 진달래도 반갑다

소중하거나 기다리는 것은

쉽게 오지 않을 때가 더 많다

미련은 후회를 만들고 욕심은 불만을 만들지만

버리고나면 인생은 더 풍요로워진다

허전한 마음

허전하면 속이라도 든든해야지

미련이 남고 그리움이 밀물처럼 밀려오면

찬밥을 따듯한 국에 말아 배부르게 먹는다

세월이 가는 서운함에

또 한 그릇 배부르게 뚝딱 먹는다

마지막 절규

죽고 싶어도 살아라

거울 앞에서 나를 돌아보며 울고 있는 사람

그래도 살아라

바닥을 기어가도 끝없는 길

절망에서 헤어 나오지 못하는 자

싸우고

싸우고

싸워라

인생이 끝이라고 말하는 사람

끝은 시작이다

안동 까치밥나무

개나리꽃

해님이 웃음 짓고 바람도 나뭇가지를 흔들어

꽃빛을 마음껏 뽐내는 얼마나 기다리던 봄인가

길가에는 노란수를 놓아 온통 지천에는 노란꽃빛

살아 숨 쉬는 것이 꽃잎 하나하나 소중하다

몽우리가 터지는 기쁨을 너희는 모른다

긴 고통의 시간을 참고 참아 언 땅을 녹여가며

때를 기다렸다

기지개를 활짝 펴면 꽃에 꽃빛이 만발하듯이

일상이 겨울같이 황량하고 힘이 들어도

다시 노랗게 꽃피울 날 올 것이다

안동 까치밥나무

3장

길 위에 서성이다

인생은

힘든 날이 계속되고 하루하루 겨우 버티어 가는 날들

하지만 다른 각도로 생각한다

지금 이 순간 내가 해야 할 일이 있고

그 문제를 누구도 아닌 내가 해결해야 한다고

평탄하고 아무 일 없는 날들이 계속되어도

삶이란 게 별로 재미없다

인생은 절박할수록 아름답다

처절할수록 삶의 이야기는 풍성해진다

통영 소매물도

떠나라

푸른 바다가 넘실대는 통영 소매물도

꿈꾸던 밤하늘에 별빛이 쏟아지고

시원한 바람 이마를 스쳐 아늑하다

사랑 빛 우정 빛 환하게 비추는 그곳 소매물도

한 사흘쯤 일상에서 벗어나 흐르는 바닷물에 몸 맡기고

8월의 더위처럼 인생의 찌는 듯한 더위로 숨 막힌 날에

잠시 와서 쉬었다 가라

인생

물이 강줄기를 따라 바다로 가듯

흐르는 것은 더 큰 희망을 향해 가는 것이다

세상의 이치가 이럴 찐데

인생이 흘러 머리가 하얗게 새는 겨울이 와도

서러워하지 말아라

흐르는 것은 강줄기가 바다로 가듯

더 큰 희망이 꿈처럼 우리를 기다리는 것이다

안동 까치밥나무

연탄 한 장

언 손 녹여주는 연탄 한 장

좁은 마을길을 따라

피어나는 훈훈하고 정겨운 굴뚝연기

고마운 사람들이 전해오는 따뜻한 사랑

시린 삶을 견디며 이겨낼 수 있는 것은

연탄 한 장의 온기 때문이다

연탄 한 장은 따뜻한 사랑 한 장

서로의 마음이 모여 행복한 겨울을 맞는다

추우면 추울수록 어려우면 어려울수록

사랑은 더 필요하다

연탄 한 장은 아름다운 마음이다

연탄 한 장은 아름다운 사랑이다

여름나무

안동 까치밥나무

그래도 웃었다

비바람에 날려 제 손목이 부러져도

웃었다

태풍이 몰아쳐 몸뚱이가 심하게 꺾여도

웃었다

길가에 흩어진 아픔의 흔적들

그래도 웃었다

주위가 황폐해 아무도 오지 않을 것이라 믿었지만

여름나무는 상처를 딛고 안아주었다

안동 까치밥나무

인생풍경 1

길이 아직도 많이 남아있는데

남아있는 길이 하도 막막해

길 위에서 허덕인다

비참하고 처절한 순간에도

사람은 희망 하나로 산다

한 가닥에 작은 희망이 불꽃이 되기를

인생에 대하여

산을 가로질러 가는 험한 길

몸이 산산이 부서져도 포기할 수 없다

꿈은 인생을 지탱하는 힘

가야할 길이라면 열심히 가야겠지

태어나자마자 시작된 전쟁 같은 인생

내가 두려운 건 또 다시 마음이 흩어져서

길가에 서성일까 두렵다

안동 까치밥나무

눈먼 자의 소원

세상을 딱 1분이라도 바라보는 것이

눈먼 자의 소원이다

애절한 소망

가진 자들은 모른다

가질 수 없는 자의 처절함을

그래도 산다

그럼에도 산다

지금 가지고 있는 것만으로도 그 누군가에게는

무엇과도 바꿀 수 없는 아주 소중한 것이다

인생풍경 2

총총히 별빛이 부서져 내리는 밤

길모퉁이 눈 내린 보리밭을 지나

보이지 않는 곳을 습관적으로 걸어간다

고개 하나 지나 또 고개를 넘고

굽은 길을 따라 돌아서 걸어간다

하늘의 별처럼 꿈은 멀리도 있고

시린 바람이 불어서 인생이 순탄치 않다

잊었다

하늘에서 별이 반짝이는 것을

늦은 겨울밤에야 겨우 고개를 들어 하늘을 본다

잠깐의 휴식이 꿈과 별의 거리를 좁힌다

안동 까치밥나무

괴로울 때

어항에 붕어가 자꾸 죽어나가
메기 한 마리를 푼다
잡아먹히지 않으려고 얼마나 도망을 다니는지
붕어는 오히려 건강하다

사는 일이 순탄하고 걱정이 없으면 좋겠지만
싫은 사람도 봐야 하고
가고 싶지 않은 자리도 가야 하고
이런 저런 일로 얽히고설켜 몹시도 괴롭다

좋게 생각하자
오히려 약간의 긴장은 보약이 된다

그냥 그런 날

안동 까치밥나무

약한 바람에도

마음은 덜커덩 흔들립니다

떨어지는 낙엽을 보면

돌멩이처럼 외롭고 딱딱합니다

이 가을 흐트러진 계절은 후회와 연민으로 수렁 속에

자꾸만 한걸음씩 들어가게 합니다

아픔이 없는 사람이 어디 있겠는지요

그냥 그런 날이 있습니다

힘이 되어 주세요

위로를 해 주세요

반가운 사람이 되어주세요

그냥 그런 날이 있습니다

안동 까치밥나무

함께라면

막연한 두려움이 현실이 되고

거친 비바람이 몰아쳐서 힘에 겹지만

우리가 함께라면 힘이 됩니다

소중한 사람이 되어주세요

서로를 아끼고 보듬어주세요

꿈을 나누고

희망을 나누고

행복을 나누고

손을 잡고

웃고

울고

위로하고

그렇게 살아요

길 위에 서성이다

길 위에 서성이다

길을 잃는다

찬바람에 양 볼이 스쳐 터지고

손과 발은 얼어붙었다

고단한 눈물 닦아줄 이 없는 인생

들꽃이 피고 새들도 노래하는 봄이 오기를

저 언덕에도 몽우리가 터지고 싹트는 봄이 오기를

눈을 감으면

시린 갈대밭 사이로 흐르는 실개천 따라

이 육신도 흘러가련만

아직도 사람의 시선이 따갑단 말인가

주머니 한쪽에 미련을 담고

다른 한쪽은 욕심을 담아

구부정하게 서있다

안동 까치밥나무

상처

상처투성인 사람이 숨을 헐떡이며

하루하루를 버틴다

성공은 가까운 듯 멀어지고

희망도 점점 희미해진다

구겨진 시간을 정리하는 중에

슬픈 마음이 하염없이

소낙비를 내려 번진다

나에게도 기쁨을

나에게도 행복을

나에게도 신의 은총을

산 벚꽃

안동 까치밥나무

봄 산에 방긋 웃는 산 벚꽃들도

한번쯤 낙담해 보았을까

저리 하얗게 빛나는 산 벚꽃들도

언 땅에 눈물 적신 적 있었을까

참고 견디면 봄볕 따라 나비가 날아와 앉고

봄 물결도 살방 살방 희망 싣고 오겠지

장생포로 가자

바다로 가자

장생포로 가자

잔잔한 햇빛이 물결에 흩어지면

지난 세월 서러워서 눈물이 흐르네

하나 다음엔 둘이 오고

둘 다음엔 또 어떤 일들이 내 발목을 잡을지

가슴 터지도록 끝없는 수평선을 바라보며

소리쳐 울어라

장생포 그 바닷가에서

뜨거운 눈가에 차디찬 바람이 불어

짓눌린 가슴을 뚫어주겠네

안동 까치밥나무

안동 까치밥나무

4장

이 밤 얼마나
여유롭고 풍성한지요

사람이 사람에게

안동 까치밥나무

사람이 사람에게 말합니다

당신이 곁에 있어 행복해요

흐르는 강물에 종이배처럼 위태하던 저의 삶이

어쩜 이렇게 변할 수 있는지요

우리 둘만 아는 시간 우리 둘만 아는 곳으로

평생을 함께 가요

사람이 사람에게 묻습니다

우리가 함께할 기나긴 여정이

얼마나 많이 기대되는지요

안동 까치밥나무

마지막 사랑

어디 당신만한 꽃이 있겠어요
파란 하늘이 예쁘게 살랑살랑 미소를 지으며
오직 당신만을 위해 웃고 있어요

그 긴 세월을 돌아 당신을 만나기 위해
얼마나 많은 밤을 지새워야 했다고요
빛나는 당신은 어느 순간 내 마음에 들어와 자리를 잡고
혹여 이 마음 들킬까 몇 달을 마음 졸였습니다

아마 당신은 모르시겠지만
폭풍이 몰아치는 비바람이 불어오는 이 마음을
얼마나 애써 감추었다고요

그런 당신이 내게 손을 내밀고
그런 당신이 내게 어깨를 내어주었습니다
어떻게 딴 생각을 할 수 있겠어요
어떻게 한눈을 팔 수 있겠어요

마지막 사랑이 내게도 오고야 말았네요
사랑은 평생을 노력해야 하는 것
그 사랑을 위해 기꺼이 인생을 걸게요

이성진 시집

만남과 여백

만남에 있어서 여백은 최상의 아름다움을 만든다

매일매일 보는 것보다는 조금 떨어져서

만남을 기대하는 여백이 좋다

쉽게 얻어지는 것은 흥미를 빨리 잃지만

아쉽고 기대감이 충만할 때 더욱 사랑은 빛나고 값지다

기다림을 모르는 사람은 사랑을 모른다

그리움을 모르는 사람은 인생을 모른다

아쉬움을 모르는 사람은 소중함을 모른다

긴 여백이 잔잔한 가슴을 다시 뛰게 하고

아름다운 가치를 높인다

이 밤 얼마나 여유롭고 풍성한지요

달밤에 흐르는 은은함은 노란빛을 가져

내 마음에도 빛이 납니다

사랑을 하면 하늘도 땅도 모두 당신인 듯

온 세상이 찬란한 빛이 되어

이 밤 얼마나 여유롭고 풍성한지요

흐르는 물소리는 사랑의 노래가 되고

멘델스존의 바이올린 협주곡이 되고

밤하늘에 꿈과 사랑이 울려 퍼져서

하늘로 올라 별과 입맞춤하지요

재 넘어 그리운 임 오시면

기다린 시간만큼 기쁨은 더 커지고

반가운 마음에 버선발로 뛰어갑니다

어렵게 인연이 닿아 만남이 소중하고

오직 한사람으로 인해 이 밤 더욱 빛이 납니다

이성진 시집

기다린 시간만큼

그대를 만나러 가는 길은

차창 밖으로 길게 뻗은 나무들과 숲이 좋아

가슴으로 밀려드는 행복이 가득합니다

길을 따라 이 마음도 야릇한 감정이 생기고

부푼 기대감과 약간의 긴장이

더욱 그대를 소중하게 만듭니다

한 땀 한 땀 뜨개질처럼 가는 길은 더디지만

더딘 시간만큼 사랑은 더 은은해집니다

비처럼

처마 밑에 떨어지는 빗방울은

하루 종일 청아한 소리를 내고

풀잎은 반가운 비를 만나 서로 인사합니다

개울물이 넘치고

빗소리 풍성한 오후

그리운 빗방울소리가 넉넉하고

풀잎의 미소도 고맙습니다

촉촉이 젖어드는 메말랐던 가슴에

오늘은 고운 임 생각에 넉넉하고 풍성합니다

이성진 시집

잔잔한 행복

바람이 이마를 스쳐 시원하다

잠깐 짬을 낸 시간에 커피 한잔의 여유

방을 닦은 후에 드는 상쾌함

나른한 오후 시집을 보며 떠올리는 얼굴

이런 것들이 일상이 주는 잔잔한 행복이다

시간이 지나면 그뿐

숨이 막히게 절정에 다다른 기쁨은

오래가지 못한다

그래서 나는 오늘도 작은 행복들을 꿈꾼다

감사하는 마음

감사하는 마음이 행복을 만들고

행복은 커피 향처럼 잔잔하다

아무 탈 없이 건강한 것

온 가족이 함께 하는 것

이런 것들이 매일의 감사다

감사하자

사람이 꽃처럼 미소 지을 수 있게

이성진 시집

안동 까치밥나무

안동 까치밥나무

5장

안동 까치밥나무

그리운 친구

새들은 노래하고 하늘이 웃음 짓는다

초록나무는 바람을 친구삼아 넘실넘실 춤추고

붉은 흙은 태양 아래 덩달아 어깨를 들썩인다

낮은 언제나 어둠을 기다리고 달과 별은

변함없이 약속을 지키는 그리운 친구다

어둠은 얼마나 낮을 기다리는지 모른다

단 한 번도 만난 적 없기에 그리움은 더욱 짙어진다

회색 안개 자욱한 강가에서

그리움은 쌓이고 쌓여 꽃이 되고

전설이 되고 아름다운 것이 된다

사라지는 것은

아쉽고 소중한 보석과 같은 것이라고

세월이 많이 흐른 후에야 알았다

당신도 나를 생각하겠지요

문득 당신을 생각하듯

당신도 나를 생각하겠지요

흐르는 물처럼 긴 세월을 지나

계절이 바뀌듯 언젠가 인생에도 겨울이 오겠지요

그리움 한껏 묻은 민들레가

잊을 수 없는 사람에게 날아가듯

마음은 먼 산 바라보며 웃는 날 있겠지요

문득 당신을 생각하듯

당신도 나를 생각하겠지요

이성진 시집

빛바랜 청춘

아주 오랜 시간이 흘렀네요

다시는 돌이킬 수 없는 그리운 이야기

청춘의 설렘이 지금은 덜하지만

그래도 그리움은 남았네요

그때 그 시간 그때 그 시절로 거슬러 가고픈 추억

모든 것이 지난 뒤에 떠오르는 애틋함

누구에게나 있었을 봄 여름 가을 겨울의 추억

다시 돌이킬 수 없는 시간이 지났어요

다시 돌아가고픈 시간이 지났어요

둘도 없는 그대여

그대를 사랑한 그때가

내게는 가장 따뜻한 봄날이었습니다

하루하루가 눈부시게 아름다웠고

비 오는 날조차도 내게는 찬란히 빛나는 날이었습니다

그대여

세상에 둘도 없는 그대여

잊으라니요

어떻게 잊을 수 있나요

벚꽃이 피고 개나리 진달래가 흐드러지게

그곳으로 가고 싶어요

청춘을 팔아서라도 그대 있는 그곳에 달려가고 싶어요

세월은 소리도 없이 십 년 이십 년이 훌쩍 흘러 지났지만

그렇게 찬란하고 빛나는 봄날을 어떻게 잊을 수 있겠어요

양평 석장교회

양평의 겨울밤 총총히 박힌 별을 따라

고요함에 온 강 온 산을 덮습니다

세월을 거슬러 올라

어린 시절에는 엄마의 손이

얼마나 따듯하고 든든하던지요

어두워서 보이지 않는 시골길을 습관적으로 걸어

금요일마다 구역예배를 갑니다

삼십 년도 훌쩍 넘은 이야기인데

이곳 석장리의 모습은 아직도 변함없고

어릴 적 엄마의 젊은 목소리가 들리는 듯합니다

안동 까치밥나무

행복한 그리움

어느 하늘 어느 별에서 웃음꽃 피울 그대에게
멀리서나마 그리운 사연을 엮어서
선선한 바람에 두둥실 날립니다

숲속에는 다람쥐와 노루들
강가에는 줄지어 핀 꽃들
그것들도 그들만의 그리움이 있겠지요

사랑하고 좋아하면
평생을 그리워하는 것이 세상이치입니다
하물며 저도 사무친 그리움 하나쯤 없겠는지요

굽이굽이 영덕으로 가는 길
안동 하회마을을 걸으며 이야기하던 기억
도산서원의 여름밤
평생 가슴에 그대를 안고 삽니다

흐린 날은 비가 와서
햇살 좋은 날은 풍경이 고와서
행복한 그리움은 현실의 이야기가 되고
강 따라 구름 따라
그대에게 애틋한 마음 띄웁니다

빛나는 별

밤하늘의 별이 고운 빛깔로 수를 놓고

사랑스런 그대는 하늘에서 내 가슴에

별빛으로 날아듭니다

이 별에서 저 별까지 떨어진 거리만큼

사랑도 쌓이고 추억도 쌓이고 그리움도 쌓여

더없이 소중하고 정겹습니다

그대는 나의 별

천 년이 흐르고 더 흘러도

그대는 나의 별

강가에 별이 뜨고

들녘에도 별이 뜨고

마음에 별이 떠서

그리움으로 반짝반짝 달려듭니다

안동 까치밥나무

지난 것들은 아름답다

지난 것들은 아름답다

엄마와 초저녁 어둑한 언덕길을 오르던 풍경

옛날 비 오는 초등학교 운동장의 모습

동네에서 구슬치기를 하던 어린 형도 그립고

비탈진 곳에 손을 잡아주던 어린 누이도 그립다

비갠 후 무지개처럼 그리움은

잔잔한 강물이 되어 흐른다

물빛 별빛처럼

안동 까치밥나무

이슬이 물빛을 반짝이며 떨어져

땅에 온몸을 바칩니다

하늘의 별도

영원히 잊혀지지 않는 사랑이 되려고

사랑하다사랑하다 죽도록 사랑하다 사라지면

별빛이 됩니다

기대어 쉴 수 있는 나무처럼

마지막까지 아낌없이 나누어주고

꽃잎에 이슬처럼 하늘의 별처럼

영원한 기억으로 남습니다

안동 까치밥나무

추억 안동 1988

작품 하나 카페에는 여러 사람들이 있네

음악이 흐르고 그리움이 흐르고 이야기가 흐르고

약속하고 만나고 반가움에 서로가 즐거워하는 곳

기억 속에

잊혀져가는 것들의 소중함

아름다운 수채화 같았던 풍경들

사람들도 그립고

옛 장소도 그립고

그 길가도 그립네

안동 까치밥나무

석양빛 좋은 철길 따라

산과 호수가 눈으로 달려들면

노을이 빨갛게 익어 온산을 덮고

온통 호수도 물빛 붉게 물들었습니다

안동역 플랫폼에 들어선 기차는

어느덧 추억 한 모퉁이로 밀어붙이고

이곳저곳 그리움이 서리지 않은 곳이 없어요

댐으로 올라가던 길도

도산서원 굽은 길을 따라 펼쳐놓은 풍경도

저 산 넘어 구름처럼 걸린 그리움들

까치밥나무처럼 반가운 사람이 살던 곳입니다

보름달 뜬 호수에 핀 물안개와

선착장에서 뽑은 따뜻한 커피 한잔

아직도 아련한 세월의 한 모퉁이를

서성이고 있습니다

에필로그

어느덧 20여년이 흘렀다.

안동하면 먼저 물빛 좋은 호수와 댐 그리고 경치 좋은 산이 떠오른다. 그곳에서 젊은 날을 보낸 나는 대학 3학년 때 기억을 잊을 수 없다.

시집 제목에 들어간 '까치밥나무'의 꽃말은 숨겨진 사랑을 뜻한다. 미술을 전공한 그 사람은 어느덧 40줄에 들어섰겠지. 아련하지만 좋은 추억 하나쯤 가슴에 담고 사는 것도 나쁘지 않으리라.

안동을 가면 가슴 한편 먹먹한 추억에 잠긴다.

아름다운 풍경과 그리운 사람이 살던 곳, 같은 하늘 아래 우연이 필연이 되고, 이루지 못한 사랑이라서 잡고 싶고 더 애틋한 마음을 안동 까치밥나무에 담았다.

예전 젊은 날로 돌아가서 다시 한 번 그를 보고 싶지만 지금 어딘가에 잘 살고 있는 사람을 다시 만나는 일은 싫다. 나의 아름다운 추억은 그저 젊은 날의 그를 기억하고 싶을 뿐이다.

계절에 따라 느낌이 다르듯 오는 계절마다 추억이 더해져 더 풍요롭다.

이성진 시집

　세월이 흐르면 머리가 하얗게 변하고 늙겠지만 순수한 마음만
은 여전히 간직하고 싶은 마음이다.

석양빛 좋은 철길 따라

산과 호수가 눈으로 달려들면

노을이 빨갛게 익어 온산을 덮고

온통 호수도 물빛 붉게 물들었습니다

안동역 플랫폼에 들어선 기차는

어느덧 추억 한 모퉁이로 밀어붙이고

이곳저곳 그리움이 서리지 않은 곳이 없어요

댐으로 올라가던 길도

도산서원 굽은 길을 따라 펼쳐놓은 풍경도

저 산 넘어 구름처럼 걸린 그리움들

까치밥나무처럼 반가운 사람이 살던 곳입니다

보름달 뜬 호수에 핀 물안개와

선착장에서 뽑은 따뜻한 커피 한잔

아직도 아련한 세월의 한 모퉁이를

서성이고 있습니다

[안동 까치밥나무 전문]

사람이 인생을 살아가는 일이 쉽지만은 않다. 한 해 한 해 나이를 먹을 때마다 아무 이유 없이 서글퍼지고 눈물이 난다. 원래 인생이란 게 그런 거야 라고 스스로 위로하지만 정말 서글픈 게 인생이라는 생각이 든다.

그래서 우리는 더 소중하게 서로를 위로하고 보듬고 살아야 한다.

시집의 작은 단락들은 인생에 관하여 또는 위로와 용기에 대해서 작품을 썼다.

산보하듯 가는 길이 인생이지요
그 인생이 여유롭고 한갓졌으면 좋겠습니다

가득 피어있는 꽃향기를 맡으며
솔바람이 불어 코끝으로 살랑살랑 스며드는
화창하고 신선한 길이면 좋겠습니다

사색도 하고 좋은 말도 많이 하고
서로에게 웃음으로 인사를 나누는
그런 의미 있는 인생이면 좋겠습니다

[인생길 전문]

시인에게 추억과 인생, 위로와 용기 이런 단어들은 참 많은 작품의 소재가 된다.

이번 8번째 시집 『안동 까치밥나무』는 독자들과 조금이라도 더 가까이 다가서는 우리네 삶속에 녹아있는 이야기이기를 바란다.

바쁜 일상 속에서 덧없이 흐르는 시간 속에서 소중했던 추억도 되돌아보고 지친 영혼에 한조각 빛줄기 같은 위로이기를 바란다.